푸른사상 시선 184

그림자를 옮기는 시간

푸른사상 시선 184

그림자를 옮기는 시간

인쇄 · 2023년 11월 22일 | 발행 · 2023년 11월 30일

지은이 · 이미화
펴낸이 · 한봉숙
펴낸곳 · 푸른사상사

주간 · 맹문재 | 편집 · 지순이, 김수란, 노현정 | 마케팅 · 한정규
등록 · 1999년 7월 8일 제2-2876호
주소 · 경기도 파주시 회동길 337-16(서패동 470-6) 푸른사상사
대표전화 · 031) 955-9111(2) | 팩시밀리 · 031) 955-9114
이메일 · prun21c@hanmail.net
홈페이지 · http://www.prun21c.com

ISBN 979-11-308-2117-7   03810
값 12,000원

이 책은 경남문화예술진흥원의 문화예술지원금을 일부 보조받아
발간되었습니다.

푸른사상
시선
184

그림자를 옮기는 시간

이미화 시집

푸른사상
PRUNSASANG

내 일은 남의 집 초인종을 눌러야만
먹고사는 일이다.

내가 누른 초인종 소리를 한데 모은다면

작은 암자 종소리만 할까?
양철 지붕에 떨어지는 빗소리만 할까?

낡은 트럭 스피커에서 울리던
과일 장수 목청과는 또 어떨까.

2023년 가을
이미화

| 차례 |

■ 시인의 말

제1부

제2부

제3부

제4부

우리는 나무 평상에 앉아서 방금 옆자리에서 배추을 먹다 화투패를

대한 닭들에 대해 아무 생각이 없었다. 우리 중 누군가가 그래 내

제1부

옷이 울다

옷을 깁다
실을 잡아당겼더니

소리도 못 내고 옷이 운다

느슨하게 실을 풀어주니
금방
뚝,
울음을 그친다

언제부터 울었을까?
낡은 내 옷은

  자주 울음이 난 건 내가 내 상처를 빨리 아물게 하려고 깁
고 있던 가늘고 긴 울음의 올을 잡아당겼었다는 것
  누구 때문도 아니고 내가 내게 낸 울음

  나는 깁고 있던 실의 매듭을 홀쳐맨다
  울음의 올을 홀쳐맨다

사과의 힘

사과를 쪼갠다
온몸의 힘이 열 손가락에 모인다

손가락과 사과의
일대일
의 안간힘

팽팽하다, 한 주먹밖에 안 되는 사과의 어디에서 저 맞서
는 힘이 나오는 걸까?

그래 내가 잘못했어!
악수를 청할 때 얼굴이 붉어지는 당신은
사과의 유전자를 가진 사람이다

미안한 이야기를 미안하지 않게 해주는 사람들을 위해
홍옥의 안쪽은 더욱 달콤하게 설계되어 있다

한 봉지 만 원, 한 봉지 만 원

트럭 스피커에서 울려 퍼지는 소리를 듣고 있으면
소리의 중독성과 사과의 중독성에 대해 생각하게 된다

크기가 일정한
사과
한 상자를 담는 것을 우리는 포장이라 한다

젠가

우리는 나무 평상에 앉아서

방금 옆자리에서 백숙을 먹다 화투패를 돌리는 사람들처럼
닭들에 대해
아무 생각이 없었다

우리 중 누군가가
그래 내기니까
집중해야 한다니까
닭보다 내기에 더 마음이 쏠렸다

주인은 털이 잘 뽑힌 닭은 두 시간째 찜솥에 들어가 있다
고 했다

두 시간은
나무가
평상 이쪽 모서리에서 저쪽 모서리로 그림자를 옮기는 시간

패를 잘못 빼거나 실없이 옮기면

둥근 손 안에 쥔 젤리처럼 쫄깃한 맛들이
와르르 무너져내린다

빼고 쌓고 무너지고 다시 쌓고 빼고

압력솥이 신나게 추를 흔들며 김을 뿜는다

망고

망고는 망고끼리 친하면 안 돼요
과일 가게 주인은

네모난 상자에 담을 때에도 망고는 망고끼리 서로 떨어뜨
려놓아요
남국의 태양 아래에선 서로 안아주면 안 된다나요
그게 상처를 덜 받는 걸까요

여학교 망고들이
금방 생겨났다 솜덩이처럼 뭉실 커지는 뭉게구름처럼
교문으로 몰려가요 팔짱을 껴요 손을 잡아요
어깨동무를 해요

망고들이 망고들이랑 서로 뭉치고 포개고 안고

그런다고 망고가 상처받았다는 소리 들어본 적 있나요

망고 앞에서 머뭇거리면

망고 속에 들어 있는 맛을 영영 느낄 수 없죠

교복 줄여 입은 망고들이 현관을 들어서면
또 규율이 기다리고 있지요
교과서를 펼쳐야 하지요 수학 문제를 풀고 영어 문장을
외워야 하지요

귀 기울여봐요

망고를 서로 떨어뜨려놓아야 한다는 말은
저기 과일 가게 주인에게나 줘버리세요

체리의 기분

다낭으로 돌아갈 꿈을 꿔요

부풀기 좋아하는 구름을 비행기라고 할게요
구름이 지나가면 매달리는 꿈을 꾸죠

비행기는 자주 난기류를 만납니다
지금부터 스물넷, 체리 이야기를 할까 해요 체리를 여성
이라 생각했나요 유감이지만 남성입니다

붉은 정열을 내뿜죠
때론 상큼하죠
세상엔 정답이라 생각한 것이 꼭 정답이 아닐 때도 있어요

소년이었다가 기린이었다가 한 아이가 체리나무 아래서
걸어 나와 남자가 되는 꿈을 꿔요

내가 사는 컨테이너는 물건을 운반하는 짐짝이었다고 합
니다

여름이 오면
비닐하우스 안 공기는 사십 도를 웃돌아요
컨테이너 안은 모로 누운 잠들과 이국으로 온 짐들로 꽉
차지요

언제쯤이나 다낭 가는 비행기를 탈 수 있을까요

벌써 삼 년째, 나는 비닐하우스에서 매운 고추를 따고 있
어요

책갈피의 기준

너의 노란 입술은 정직한 입 모양으로
증언대에 서서
증언을 하지

넌 한때 책갈피의 기준이었어

아주 오래전부터
나의 책 속에 들어와 내가 읽은 나를 말려놓았지 갈피 속
에서 노란 잎을 말려놓았지

어느 대목에서 몸서리를 쳤는지
어느 페이지에서 밤을 접었다 폈다 힘들어했는지

아직도 또렷해 어제와 오늘 경계선이 무너지지 않는 것도
내 삶이 흐트러지지 않는 것도
다 책갈피의 기준들 때문일 거야

내 스무 살 방황을 잡아준 어머니 잔소리처럼

바다의 어느 페이지에 물고기 그물이 있는지를 알려주던
부표처럼
　넌, 아주 오래전부터

　아파하지 말아라
　무너지지 말아라

　노란 입술로 정직한 입 모양으로
　나에게 증언을 하지

뒤꿈치에 관한 명상

올림픽 장거리 선수들이 달린다
하나같이

앞사람 뒤꿈치를 보며 달린다
다리뿐인 홍학 같다
앞사람이 왼발 거둬 가면
뒷사람은
재빨리 그 자리에 왼발 던져놓는다

매스게임처럼 한 번도 맞춰본 적 없는 저 홍학들
아슬아슬한데,
달리다 홍학이 홍학을 밟아 넘어뜨렸다는 말은 들어본 적
이 없다

앞사람 뒤꿈치는
종교다

경전은

오래 달릴수록 아래를 보고 앞사람 뒤꿈치를 보는 것이다

아무 생각 없이 다리만 내뻗는 선수들

네 왼쪽 뒤꿈치가 있던 자리에
내 왼발이 착지한다

떠들썩팔랑나비목도리

눈 오는 날 목도리를 살까, 상점엘 들어갔는데요
머리가 희끗한 사람들이 앉은뱅이 의자를 내어놓고 상점
가득 앉아 있었는데요

창밖엔 메밀 꽃밭을 건너가는
하얀 나비 떼, 나비 떼

함박눈이 흩날리구요
갑자기 내가 고른 아이보리색 목도리에게 여기저기서 찬
란한 형용사들을 달아주고요
저 봐요,
가게 안에 떠들썩팔랑나비들이 막 날아다녀요
빨갛게 돋아난 내 볼에도 자꾸 씰룩거려요

목도리 끝에 달린 리본에서도
나비는
지금 우화 중

가게 안에도

창밖에도
나비가 나비를 낳고 나비가 또 나비를 낳고

눈이 눈을 내리고 눈이 또 눈을 내리고

새로 산 목도리를 두른 나도 떠들썩팔랑나비가 되어 가게
문을 나서지요
사뿐사뿐 눈 내리는 거리를 걸어 날아가지요

앵무새 지니

말이 너무 많군요

침대는 당신 말을 받아주느라 아침부터 삐걱대죠 욕실은
또 얼마나 울리는지, 아예 사라지고 싶을 지경이랍니다 거
울이
당신 입에 칫솔을 물리고서야 겨우 진정이 되죠

당신에게 달린 버튼을 누른다는 걸 깜박했나 보군요

입이 근질근질
손이 근질근질

커피잔이 커피를 담아놓고 기다립니다
아침이 아침을 구워놓고 기다립니다

당신 아버지는 언제나 밥만 먹으랬죠 안 그러면 복이 나
간댔잖아요 걸어서 나가는지 날아서 나가는지 그 복을 본
적이 없지만

누가 추천했을까요

앵무목 앵무과 마지막 종일지도 모를

당신의 거실은 말이 너무 많아 산책하기 마땅치 않군요

커피도 빵도 불만을 흘립니다

플라스틱으로 만든 새는 날지 못합니다

아차차

당신, 내 몸에 멈춤 버튼 좀 찾아 눌러주시겠어요?

익스프레스에 관한 리뷰

화물차 안에 목장갑 한 켤레가 놓여 있다
먹다 만 찐빵이 그 옆에
의자 구석에 처박힌 우유팩이 그 옆에 놓여 있다

화물주차장 펜스에 주렁주렁 매달린 등꽃
푸짐하다

짐을 기다리던 장갑 목이 꽃 모가지처럼 늘어져 있다

장갑은 언제나
땀나게 움직이는 게 신나는 운명

온 마디가 헐렁해지고
화끈거려도
아파트 담장 저 수북한 꽃들처럼 짐 한가득 실어봤으
면……

짐도 누군가에겐 기다려지는 것

짐도 누군가에겐 밥이 되는 것

등꽃 으스름 속으로 슬쩍 몸을 숨기는 저녁이다
빵 부스러기 묻은 장갑이
우유팩을 입에 대고 마지막 한 방울까지 들이켜는 저녁이다

하나미용실 출입기

하나미용실은 어린애부터 노인까지 다 온다
어떤 스타일이든
어떤 푸념이든
가위와 빗으로 하나같이 말끔히 해결해준다

겉만 보고 과일 고르지 말아라
그 미용실 원장의
개똥철학이다

하나미용실 텔레비는 맨날 재방송이다
웃고 떠들고 지지고 볶고 우리 동네 여자들도 어젯밤 이
야기만 한다
술 먹고 늦게 들어온 남편 얘기 누군가와 누군가가
바람이 났다는 얘기

하나미용실 수건은 다 낡았다
이런저런 얘기 다 받아주고 닦아주느라 물이 빠지고 흐물
흐물해졌다

하나미용실 달력 속 한물간 모델의 빨간 웃음도
유난히 짙은 립스틱이다

사람들은 누구나 다 하나씩
걱정들을 안고 산다
하나미용실에 오면 그 걱정 하나같이 내려놓게 된다

그래, 겉만 번지르르해서 뭣에 쓸라고

벌써 이십 년째
나는 내 푸념 값은 안 받고 머리 값만 받는
그 미용실에 다닌다

모델하우스

　오늘도 나는 당신 마음 훔치는 일을 하죠 한껏 더 찬란해
지기로 합니다 안개꽃 한 다발도 갖다 놓을까요
　구름 몇 조각은 소품입니다

　이왕 들어왔으니 구름 기차쯤 타봐야 하지 않을까요

　아름다운 아내, 멋진 남편, 예쁜 아이들의 웃음소리, 고급
벽지에 걸린 가족사진, 각설탕 한 알을 녹입니다
　달달한 맛은 마음속으로 들어가기 딱 좋은 느낌입니다

　푸른 초원 위를 달리는 기차, 스테이크, 헤이즐넛 커피,
여행지의 기분 한 스푼 뜨거운 욕탕에 풀어 넣습니다
　거품 목욕은 흩어진 꿈을 하나로 뭉치게 합니다

　당신 혀는 설탕 맛을 좀 압니다

　나는 최고의 모델입니다 당신의 오븐은 매일 달콤한 빵을
굽고 부풀어 오를 것입니다

　자, 계약서를 작성할 의자는 아주 푹신합니다

말발굽을 보다

현관문을 받쳐놓은 저 말발굽

참 건방지다

수많은 사람들이 들락거리는 문에

다리 걸어 힘주고 선 자세가 꼭 건달 같다

사채 받으러 다니던 남자처럼

팔이나 다리에 용 문신 여러 군데 했겠다

문신할 때 안 아파요?

누가 물으면

뭐 별로

씩 웃어넘길 것 같은

저 건달 내가 가지고 싶다

내 늑골 구석구석 문 열어 괴어두고

철문 닫고 산다고 충고하던 친구 보란 듯이 저 현관문에

딱 버티고 선 저 건달 불러들이고 싶다

해바라기는 한번 수그린 고개를 들지 않는다

제 발등만 내려다보고 서 있는 여자가 있다
골똘한 생각으로 가득 찬
여자가 있다

한번 수그린 고개는 절대 들지 않는 꽃이 있다

생각이 많은 여자는
주근깨가 많은 여자

제 발등 위에 내리는 햇살의 비듬만 진종일 내려다본다
밤이 되어도 눈꺼풀을 닫지 못한다

가계부를 적다
한풀 더 꺾여버린 여자
너무 울어서
아예 눈꺼풀이 말라버린 여자
누가 꺼내주지 않으면
생각 밖으로 나오지 못하는 여자가 있다

수그린 고개가 너무 무거워 질질 끌고 다니는
질질 끌려다니는
여자가 있다

진주시 하대동 폴리텍대학 앞 새로 생긴 옷집에서 든 생각

초록 나무에 달린 개업 리본
돈 세다 잠드소서

원피스를 골라주는 여자에게 향하는 리본의 달달한 문장들
수필에 가까울까 소설에 가까울까

깎아달라는 말과 안 남는다는 말은

팽팽하다
아무한테도 안 어울리더니 옷 주인이 따로 있었네요
립 서비스는 언제나 준비되어 있다

왜 옷집 거울에 비춰보면 하나같이 날씬하고 예쁠까

축 개업집 여자가
마네킹 팔을 뚝뚝 분질러 원피스를 벗겨 오는데
저기 저 옷 주인이 내가 아니라면

······어떡하지?

거꾸로 매달린 것들에게선 맑은 소리가
난다

세상의 모든 종들은 거꾸로 매달려 있다

연화사 범종도 그렇고 옥봉성당 꼭대기 종도 그렇고 관봉
마을 교회 종도 그렇다 다 거꾸로 매달려 있다

우주의 모든 애기들도 이 세상에 올 때 다 거꾸로 매달려
서 온다

세상의 모든 열매도 거꾸로 매달려서 열린다

저 뜨거운 태양도

저 밤하늘의 별들도 거꾸로 매달려서

아름다운 것이다

딸아

네가 열 달 동안 내 배 안에서 거꾸로 매달려 있었던 건

엄마인 내게 맑은 소리 들려주고 싶어서였단다

제2부

바람의 언덕

나무들이 죄다 바다 반대편으로
휘어져 있다

종려나무가 동백나무가 바다에게 등을 보이며 휘어져 있다

그 옛날 너와 헤어지던 내가 그랬다
내 머리카락이 그랬다
바다의 반대편 바람의 반대편으로 흩날렸었다

죽고 못 살 것 같은 사람도 안 보고 싶을 때가 있었다
등지고 싶을 때가 있었다

바다 반대편으로 휘어져 있는 나무는 이별의 자세다

바람의 언덕에서
나는

입술 꼭 깨물고, 돌아선다는 말, 되돌아선다는 말을 되새
긴다

그녀는 리폼 나라로 간다

구두를 리폼하면 발목이 개를 리폼하면 사람이
될 수 있을까요

사람들이 스무고개 놀이에 빠진다

유행이 지난 원피스는 예쁜 재킷이 됩니다
낡은 나팔바지는 상큼한 반바지가 됩니다

계속되는 그녀들의 놀이는 새로 단 비즈처럼 반짝반짝 빛
이 난다

무엇이든 리폼할 수 있죠 우리는
밀가루를 리폼한 빵을
웃음소리를 리폼한 노래를

리폼 나라를 찾은 여자들의 눈빛은 언제나 새로운 것을
찾아 빛난다

빵 맛을 좀 아는 여자들의 손에는 포크와 나이프가 들려

있다

　화장 좀 아는 여자들의 손에는 립스틱 하나씩 들려 있다

　한 손에 개를 안은 여자가
　구름을 잔뜩 집어넣은 가방을 들고 있다

춤추는 망고

수목돌풍*이 몰려옵니다 욕망과 본능만 챙기십시오
현수막이 나부낍니다

마감 시간으로 갈수록 여기저기서 원 플러스 원, 원 플러스
원, 풍선이 부풀어 오릅니다 최선을 다해 부풀어 오릅니다
음악은 중독성 있게

춤을 추게 합니다
스스로 카트를 끌고 스스로 미로를 헤치고 셀프계산대 앞
에 선 사람들 스스로 신용카드를 긁습니다
빈 박스가 가득 채워질 때까지

망고는 무궁무진, 지갑 속에 카드는 또 있으니까요

진열장 상품도 금방 채워집니다 풍선의 수도 자꾸 늘어납
니다

누구 하나 걱정이 없습니다

누구 하나 말리는 이 없습니다

마트 안은 춤추는 망고들만 가득할 뿐입니다

* ××마트에서 수요일, 목요일마다 펼치는 판매 전략.

별을 심다

허리가 아파 벤치에 드러누웠더니
안 보이던
하늘이 보인다

나는 갖고 싶었던 땅 한 이백 평쯤을 취득하기로 한다

저기 저 양떼구름이 모여
있는 곳

엄지손가락을 땅에 대고 중지를 돌리며
땅따먹기 하듯

언제 마련했니? 내 새끼
참 대견하네!

남의 밭일 하던 어머니 머릿수건같이 반듯한 한 마지기
내 땅 경계를 둘러보며 좋아하시겠다

생전 처음 가져보는 내 땅 이백 평

한 마지기

초승달도 찡긋, 눈인사를 한다
나는 까만 하늘 텃밭을 호미로 골라
당신이 좋아하던 별 한 소쿠리를 내다 심는다

우리들의 노래방

깎아 내온 사과는 달달합니다
노래방은 금방 수직으로 흥이 오릅니다

찬란한 불빛 쿵쾅거리는 음악
자, 슬슬
시동 걸어볼까요

당신의 노래 실력은 가수,
노래방 기계는 마이크를 든 우울에게 갑자기 기분을 띄워
줍니다
사과 안에 든 달달한 맛을 꺼내주는 사과처럼

옆방을 기웃댈 필요 없습니다
여기는 당신이 최고의 기분을 유지하도록 잘 설계되어 있
습니다

작정하고 불꽃을 피우는 당신
지폐에 침을 발라 모니터에 붙입니다

웃음도 갖다 붙입니다

빌딩에서 집에서 찌든 표정들은 더 이상
당신의 것이 아닙니다
발동이 걸린 기분은 추가 시간을 넣어가며 흥을 살립니다

노래방 마스터는
나를
향해 또 한 번

엄지척,

상복

장례식장을 다녀온 옷들은 젖어 있다
축축하다 눅눅하다
서로 껴안고 있다

세탁소 빨래 수거함에
몸이 빠져나간
상복은 벗어도 벗어도 벗겨지지 않는 옷

망자의 옷은 껴안을 수 없다
망자가 입은 옷은 젖지 않고 불구덩이로 간다

늦은 밤 나는 옷장을 열고
옷걸이에 걸린 상복을 입어보았다

벚꽃

봄밤이 알을 품고 있다

벚나무 속의 저 노란 가로등 한 알, 수천수만 송이 꽃을

깨워놓고

또 알을 품고 있다

봄밤이 품고 있는 저 은근한

불빛

아래에서

누군가는 팔짱을 끼고 입술을 나누고

누군가는 사진을 찍고 또 찍고

어설프고 겸연쩍다

저 광경들,

나는 솜사탕 들고 뻥튀기 과자 들고 멍하니 구경만 한다

난로의 비밀

물을 끼얹어보면 안다
난로는 차가움을 만나면 하얀 김을 내뿜는다
이내 반응을 한다
깊은 한숨을 내쉰다

난로는 따뜻하다
난로는 즐겁다

젊은 날 서로를 밀치고 으르렁댄 것도
몸 안의 난로가 뜨거웠기 때문,

너와 내가 난롯가에 앉아서 온기를 즐기는 건
몸 안의 것들이 식어간다는 거다

난로 냄새가 좋다 사람 냄새가 좋다

난로를 끌어당긴다 너를 끌어당긴다

나를 끌어당긴다

목련나무 기록장

봄이 되면
골목이 모아둔 이야기를 옮겨 적는
나무가 있다

그 나무에게 가려면

독거노인의, 비정규직의, 파란만장의 구불구불한 골목을
지나고 또 골목을 올라가야 한다

그 목련 꽃잎에 자술서를 옮겨 적는 사람이 있다

집을 삶아 먹다

양배추를 썰다가 고개 치켜든
달팽이를 만났다 아이쿠, 갑자기 집이 부서지고
방문이 열려
어쩔 줄 몰라 하는 달팽이를 만났다

뿔을 세우고
앞발을 들고

신발을 신은 채
마루 위에 올라섰다 내려섰다
임대차 계약서조차 인정하지 않던
집주인 남자 생각이 났다

주먹 쓰는 사람 데려다 고래고래 소리 지르고
어느 날
낡은 벽에다 붉은 X표 벅벅 그어버리던 그 남자 생각이
났다

나는 얼른

잘라놓은 양배추 잎에 달팽이를 떠서 화분에
이주를 시킨다

버릴까 말까 달팽이가 살던 집 한 채

나는 달팽이가 살던 집 한 채를
통째로
삶아 먹었다

열대어

물속 온도가 영하에 가까워지면
생을 거두는
물고기가 있다

차가운 수면에 배를 드러내고
힘겹게 숨을 쉬는 아가미

눈 오는 날
어머니에게 간다
담요 한 장의 부력을 믿고
외출에 맞춰져 있는 보일러 스위치

천장을 보고 누워 계신
어머니 아랫배에 눈이 간다 외출에서 난방으로
부리나케 스위치 버튼을 누르는데

　사방 천지 퍼붓는 눈발 속을 달려온 내 눈물이 온통 비늘
이다

양은 냄비

라면을 끓이지도

찌개를 끓이지도 않겠단다 홱 돌아앉아

커다란 입을 다물어버린 여자

까치의 주거학개론

우리도 빌딩으로 이사했어요

여태 볼품없는 나무 위에서 어떻게 살았나 모르겠어요
다시는 돌아가고 싶지 않아요
나무 위의 삶은 더 이상 만족을 주지 못하니까요

빌딩도 흔들릴까요?
불안할까요?
그런 게 무슨 대수겠습니까
빌딩은 누가 보더라도 번듯합니다
도시에선 집만 번듯하면 안 꿀리고 사는 거죠

나는 눈치가 빠릅니다
큰 집들이 많을 걸 보고 금방 알아차렸죠

집 안은 들여다볼 필요 없어요
예의 같지만 무관심입니다
현관문마다 커다란 자동 키가 달려 있습니다

중요한 건 겉만 번지르르하면 그만이라는 것

보세요 빌딩 벽에다 집을 지었으니 우리 집도 빌딩
맞는 거죠?

푸른색과 노란색

  내 마지막 상상은 아를로 가 밀밭 주인의 아내가 되는 것*
노란 밀밭에서 푸른 힘줄을 보이며 밀을 베는 백 년 전쯤의
남자를 만나 그의 아내가 되고 싶다

  오렌지색 밀들은 바람에 일렁이고

  네댓 명의 아이들은 올리브나무처럼 싱싱하게 자라고 남
자와 저녁마다 빵을 굽는다 물론 빵 냄새가 가득한 식탁엔
은촛대 없이 촛불만 놓이겠지만

  그 불빛을 자랑스러워하는 아내 끝도 없이 일렁이는 밀밭
에서 머릿수건을 벗어 푸른 땀을 닦아주는 아내 수확을 끝
낸 날 아이들은 올리브나무와 함께 한 뼘 더 자라고

  우리는 별이 쏟아지는 론강 가를 걷는다

  푸른색과 노란색
  얼마나

부드럽고 매혹적인지**

　별빛과 우리 사랑이 강물 속에서도 찬란히 반짝거리는 나
의 마지막 상상은 한 백 년 빵만 먹어도 좋을 그의 아내가
되고 싶은 것이다

　* 최문자 시인.
　** 고흐의 편지 부분.

우리 헤어져

사거리 공터에서 꽃을 판다

그 남자, 안경 쓴 눈은 휴대폰 카톡 창에 박혀 있다

슬쩍 폰 화면을 곁눈질하는데

우리 헤어져,

짧은 문장이 보인다

축하 꽃을 사러 왔다가 이별의 문자를 보아버린 나는

졸지에

나는

우리 헤어져, 짧고 간결한 문장 한 묶음을 사 들고 돌아선다

우리는 나무 평상에 앉아서 방금 옆자리에서 배추을 먹다 화투패를

에 닮음에 대해 아무 생각이 없었다 우리 중 누군가가 그때 내가

제3부

들어가 있다고 했다 두 시간은 나무가 평상 아쪽 모서리에서 저녁 부셔어도 옮기는 그

안에 선 쉘리 국민 쫑긋한 맞물이 와르르 무너져 내린다 빼고 쌓고 무너지고 다시 쌓고 빼고 엄덕숨이 신나게 주름 후름마 긴은 빰

해변의 포즈

은빛 모래 위에서
한 무리의 사람들이 날아오른다

하나, 둘, 셋,

사람들도 가끔은 날고 싶을 때가 있다고

한 번씩
날아오르지 않으면
땅속으로 푹 꺼질지도 몰라
오른손 왼손 친구 붙들고
힘차게 모랫바닥을 차고 오른다

찰칵,

주공아파트 위에 뜬 달

남의 집 소개해서 먹고사는 난
전생에 무엇이었을까

가난한 사람의 신발이었을지 몰라

내가 신고 버린 신발들 포개
모아놓았더라면
작은 산만 했겠지

오늘은 수선한 신발 꺼내 신고 오래된 주공아파트 단지로
간다

매일 소개하고 매일 이사시켜야 먹고사는 나
타닥타닥 소리 내며
주공아파트 단지로 간다

아침에 조여 맨 신발끈
수백 번 계단을 오르내리다 돌아와

문을 열면

온통 굽이 낮고 볼이 넓은 신발장 속 내 신발들

비 그친 오후의 마당에 우산을 펴서 말리다

비 그친 오후의 화단 가에 펼쳐놓았다
둥그란 우산이
전원주택이 되었다

찌르레기 두 마리
찾아와
마당 공연을 한다

황금색 은행잎이 또르르 굴러와 마주 보는 쪽에 자리를
편다

집 수리공 바람이 임시 공연장이 안전한지 여기저기 살펴
보다 간다

집은 여럿이 북적거려야 살맛이 난다고 했다

우산 주택 입주권은 어디서 구할까
나도 끼워주면

은행잎 자리에 앉아
찌르레기 공연 끝날 때까지 지켜줄 텐데

해 질 녘 전원주택 입주자들 신났다
달빛이 들여다볼 때까지
우산 주택 공연은 들썩거린다

노랑의 안쪽

봄의 연대기는
허공의 입김으로 불어 쓰는
신작 에세이

하얀 시트를 덮어썼던 계절에게 다가가 손 내미는 일, 묵
은 정원을 노랗게 채색하는 일, 병아리들이 탄 승합차를 출
발시키는 일

생각나는 대로
두서없이 하는 일 치고는 너무나 정교해서

올해도 나는 이것저것 다 제쳐두고 노란 물감 쇼를 기다
립니다

부드러운 바람 붓이 냉랭하던 산수유나무와 새앙나무를
톡톡 깨웁니다
수선화, 프리지어, 민들레, 노란 봄의 지분을 가진 곳곳에

서 화들짝 깨어나는 소리 들립니다

나는 노랑의 안쪽이 궁금합니다

이미 시작된 봄의 마술은
이제 개나리꽃에 와서 잠시 숨 고르는 중입니다

편의점 의자

앉으면 누구든 꿈꾸기 좋은 곳입니다
편의점 의자

외줄로 앉아 창밖을 보고 있습니다

잘 닦아 반질반질한 창문과는 죽이 잘 맞습니다

자잘한 껌부터 달달한 과자까지 –

점심때마다 라면을 먹던 취준생은
다 알 만한 회사에 이력서를 넣고 있습니다

우리 동네 편의점 출입문은
꿈에 들락거리기 좋은 양방향입니다

 혼자서 꾸는 꿈은 곁에 앉은 사람을 잘 몰라도 상관없습
니다

 환하게 불 켜진 편의점 의자가 만석입니다

동백꽃 무늬 담요

동백나무 아래

빨간 담요가 있습니다

원룸에 사는 김 씨 아저씨 한 장, 우즈베키스탄에서 온 노란 새댁 한 장, 아내 죽고 정신 오락가락하는 할아버지 한 장, 풍 맞은 아저씨랑 산책하는 옆집 누나 한 장, 살림 다 말아먹고 내려온 월세 부부 한 장

경기가 안 좋을 땐 담요가 잘 팔린다고 하던 이불집 주인

저기 저 동백나무 아래 가득한
빨간 동백꽃 담요 잘 개어서
오가는 사람들 한 장씩 나눠주면 가난한 방마다 붉고 커다란 동백꽃 활짝 피겠지요

내 마음이 동백꽃처럼 활짝 피겠지요

유등

사과의 달콤함은 사과할 때 필요해
사과가 끝나면 사과는 얌전해져, 기도하기 알맞지

오백 년 전부터 사람들은 속삭이는 사과를
강물에 띄웠고
유등이라 불렀지

지금도 사과를 보면 사과를 움켜쥐고 기도를 해주고 싶어
유등을 보면 유등을 들여다보며 소원을 빌어주고 싶어

폭죽폭죽 다리 위에선 폭죽이 터지고
마음이 착해지고
강물 위엔 붉은 기도가 떠가고

기도는 기도끼리 모여 더욱 온화해진다
불빛은 불빛끼리 모여 더욱 화려해진다

빨간 사과라는

불빛

그 불빛 온 세상으로 번졌으면 좋겠다

블러드문

오늘 밤은 레드향 이야기를 할까 해요
남쪽 바다, 빛나는 태양, 수평선, 소금기,
이런 단어들이 떠오르더라도
지금은 말하지 말아요

당신과 나는 공룡이 발자국을 남기고 간 역사관에 와 있
습니다
머릿속에 공룡을 그려보다
공룡이 사라진 밤하늘을 올려다봅니다

검은 쟁반에 담긴
저 과일,

당신과 나는
난간에 등을 기대지 말라는
경고를 어깁니다

발끝부터 정수리까지 당신의 그림자 옷을 입고 심장이 두

근거립니다
　당신이 불러주는 세레나데와
　풀벌레들의 합창

　맞추어놓은 공룡 뼈들이
　와르르
　무너집니다

문어꽃

당신은 꽃을 만들고 싶어 했습니다

당신 손에 잡힌 작은 칼,

이내 한 송이 꽃을 피웁니다

문어를 오려 만든 꽃잎은 파도를 기억하는 것 같습니다

문어는 발이 많아 참 다행입니다

건어물점 탁자 위엔 바다가 배후인 꽃들이 수북이 쌓여갑
니다

오리고 또 오려 가계부 숫자만큼 늘어난

문어꽃

딸을 키우고

아들을 키우고

당신은 문어꽃 여덟 송이를 또 만들었습니다

맨드라미들의 노래

시각장애인들에게 내 친구는
노래를 가르친다
햇살의 혀에 달린 노래로
담장 아래 핀 맨드라미들
열정적이다
눈먼 사랑*을 선곡해온 선생님 민망할까 봐
여기는 다 눈먼 사람뿐이라며
교실 안 화르르 꽃 피우는 사람들
더워서 옷 벗는 것도 이곳에선 개그가 된다
옷 좀 벗겠다는 선생님 말에
아무도 못 본다는 화답
누가 알아요 벗는 순간 눈이 번쩍 뜨일지
햇살의 혀끝에서 개그가 만개한다
눈먼 학생들과 척척 죽이 맞는
내 친구가 가르치는 교실엔
노래와 개그가 있다
붉은 맨드라미 꽃이 있다

* 가수 김장수가 부른 노래 제목.

천일야화

그녀가 또다시 하얗게 웃는다

가나에서 왔다는
종점 지나 로터리 지나 파리바게뜨 지나 복개도로
24시 분식집 여자

김밥을 말고
만두를 찌고
순대를 썰고

가나도 가난도 애틋해서
사람들이 무슨 말을 하면
만두에도 순대에도 눈물을 꽉꽉 채운다

삼 년 뒤 봄이 오면 꼭 비행기 타고 갈 거란다

잠깐 쉬는 시간마다
손가락 끝으로 하얀 김에다 엄마 얼굴

그렸다가 지웠다가

24시 분식집에는
하얀 김에 둘러싸여 꽃을 피우는
가나 여자가 있다

꽃양귀비를 찍다

꽃양귀비 축제 한창인 북천 들녘에 한 색깔 같은 옷을 입은 엄마 세 자매가 들었는데요
오늘만큼은 다 꽃이다
누구도 말리지 마라
큰이모 다짐에
한창 절정인 꽃양귀비들이 세 자매에게 자리를 내주는데요
한평생 과수원에서 배 싸던 노란 봉투가
갯벌을 누비던 몸뻬 바지가
깡통시장에 놓고 온 빨간 샌들이
느릿느릿 볼그족족 꽃밭에 앉았는데요
철커덕 철커덕 마지막 꽃열차가 지나가구요
달그닥 달그닥 마지막 꽃마차가 지나가구요
꽃밭에서의 한나절을 붙잡아두려는 늙은 자매들이 참 곱다

한 앵글에 잡힌다

자, 양귀비 하세요

딸과 귤

택배로 보낼 귤은 따서 이틀 정도 잘 달랬다 보내야 한단다
귤나무와 떨어지는 연습을 하는데 한 이틀은 줘야지 된단다
성질 급한 주인이 그걸 안 하면
종이 상자 속에서 껍질이 터져 난리가 난단다
딸을 시집보낼 때 나도 그랬다
이틀만 단둘이서 보내자고 했다
네일 숍에 가서 손톱 손질도 하고
마사지 숍에 나란히 누워 드라마 흉내도 내보고
호텔 방에서 밤새도록 수다도 떨었다
멈추지 않을 것처럼 수다를 떨다가 눈물을 떨궜다
눈물을 떨구다 또 수다를 떨었다
머리맡에 놓인 달고 노란 귤
서로의 입에 까서 넣어주었다
눈물을 떨궜는지 수다를 떨었는지
젖은 입술도 젖은 눈가도
잠깐씩 잠 속으로 까무룩 들어갔다 나왔다

택배기사가 놓고 간 귤 상자,
딸과 함께 보낸 그 이틀 생각이 난다

느린 우체통

우체통 꼭대기에 앉은
노랑턱멧새 한 마리
하얀 편지지 위에 팥배나무 산수유 가막살나무한테 보낼
편지를 씁니다

눈 속에도 빨간 열매 창고 대방출해 주었으니
고맙다는 말
저 반짝이는 부리로
콕콕 하늘 잉크 찍어 씁니다

우체통은 급할 게 없답니다
팥배나무 산수유 가막살나무도 급할 게 없답니다
고맙다는 말은 느리게 건너가야 합니다
느리게 건너가다 연두를 피우고 꽃을 피우고
숲을 우거지게 합니다
세상에 리듬을 입히는 일은 서두르는 게 아니랍니다
일 년 뒤에서야
편지 잘 받았다는 표시로 빨간 열매 또 내어줄 테니까요

광장에선
구세군의 종소리 느릿느릿
울려 퍼집니다

성금을 넣는 사람들의 손이 열매처럼 둥글어집니다

내년 이맘때쯤에도 우린
느린 우체통이 배달한 종소리를 들을 수 있겠습니다

초전실내체육관 청소원 순금 씨

그녀가 지나가는 곳은 다 봄이다

예순아홉 순금 씨 손에 들고 있는
걸레가 봄이다
빗자루가 봄이다

유리창이 봄이다
계단이 봄이다
화장실이 봄이다

그녀의 손끝 발끝에 달린 수만 개의 초록 숨결들

유리문에서 떨어지는 푸른 잉크로 편지를 써도 되겠다
사프란 꽃향기처럼 번져오는 봄의 기척에게 찡긋, 눈인사
를 해도 되겠다

초전실내체육관 청소원
순금 씨
지나가는 곳은 다 봄이다

제4부

살구 한 알

내가 앉은 나무의자 앞으로
살구 한 알
또르르 굴러온다

비탈로 굴러가는 다른 살구들을 따라가지 않고
내 발치에 와 멈춘다
살구 한 알

혼자 사는 옆집 여자를 졸졸 따라다니던
몰티즈처럼

내게 온 살구
한 알

나는 빈 주먹에 꼬옥 쥐어본다

초록색 페인트

페인트 한 통을 샀어
나는야 부동산 중개인, 내가 소개한 집들에 초록색 붓칠
을 해줄 거야

남자친구 만나러 가는 골목 끝 집 할머니 목에
초록 스카프 걸어드리고
혼자 아이 키우느라 소풍도 한 번 못 갔다는 여자의 뜰에
새파란 사철나무 한 그루 심어주면 얼마나 좋아할까

초록색 페인트를 칠해주면 내가 소개한 집들엔 별들이 찾
아올 거야
초록이 넘쳐나면 별들의 호기심도 넘쳐날 거야

동피랑에서 만났던
어린 왕자처럼
초저녁부터 창문을 넘어와 아이들과 놀고 외로운 할머니
눈동자에 내려 도란도란 밤을 지새우겠지

내가 소개한 집들을 찾아갈 거야 부동산 중개소 장부에

그 주소들 다 기록해두었어

사거리 페인트 가게 문을 닫을라
얼른 집을 많이 소개해서 초록 페인트를 또 사야겠어
나는 낮은 신발을 신고 페인트 가게로 달려갈 거야

소행성에서 내려다본다면
우리 동네 초록 지붕이
물감 부어놓은 것처럼 자꾸자꾸 늘어갈 거야

산동(散瞳)*

갑자기
혈관이 터졌다 멀쩡하던 내 왼눈이
강물로 출렁댄다

사람은 사는 곳을 닮아간다더니

나도 이제 남강 사람
몸속에 강 하나를 지닌 사람

산동을 한 내 눈에서 현미경을 떼며
의사가 조심스레 말한다
망막에 피가 차서 앞이 안 보이겠군요

괜찮다, 나는 좋다, 사람들은 강이 좋아 강으로 모여드니까
이제 내 눈동자에 내 시야를 막은 강이 생겨 좋다

가만있어도
문만 열어놓고 있어도

저절로 찾아올 사람들아

나는 사람들을 불러 모아야 먹고사는 공인중개사

남강 같은 강이 내 왼눈에도 있단다

* 동공이 확대되는 상태

구멍가게

알사탕처럼 동그랗게 목구멍이 열리고 알싸해졌다
어린 나는 좋았다 구멍가게가
부르면

우리 집도 외상 장부를 가질 수 있어 좋았다

두부 한 모 국수 한 다발 라면 한 봉지……

주인은 외상이 많으면 매번 구멍가게가 구멍이 난다고 말
하기도 했다
구멍은
메우지 않으면 더 커진다고 큰소리를 내기도 했다

구멍이 많으니까 구멍가게지
구멍이 없으면 뭐라 부를 건데?

아주 가끔 나는
언니 동생 몰래 커다란 알사탕을 입에 넣고 쫑알거렸다

흑백사진

삼십 대의 젊은 엄마는
여름이 오면 우리 자매들을 데리고 모래찜질을 하러 갔다
따끈따끈해진 모래 구덩이에 한 사람씩 파묻어놓고
숫자를 헤아리라고 했다 뜨겁다고 벌떡 일어날까 봐 숫자
놀이를 시켰다
다 헤아리고 나면 우린 바닷물로 뛰어들었다
엄마도 덩달아 뛰어들었다
바닷물이 밴 손으로 찐 감자 껍질을 까며 하얗게 웃으시던

엄마가 뒤뚱거리며 모래톱을 넘어오신다
편의점 의자에서 기다리시라니까요

걷다가 넘어지더라도 걸어보고 싶더라
여든다섯, 외봉 낙타의 네 다리에서 모래 알갱이가 흘러
내린다
내일은 찜질방이라도 모시고 가야겠다

내일이 더 멀까 다음이 더 멀까
달빛에 발을 담그고 모래를 씻으시는데 발목이 굽었다

두물머리

밀었다 당겼다
밀었다 당겼다

초록 바람이 물 주름을 살짝 들췄다 놓았다
들췄다
놓았다

햇빛이 차르륵 차르륵 은빛 손장난을 친다

직박구리 한 쌍 빙글 돌다
사이좋게 날아오르며 조잘댄다

니들 같을까 봐
니들 같을까 봐

두물머리 하늘 참 맑다

플라타너스 나무 아래에서

아무도 없는 강가에

차를 세우고

젖은 허공을 올려다본다

커다란 플라타너스 가지에

한 무리 새가

잎으로 피어 있다

나는 플라타너스 나무 아래 서서

영원히 사랑해, 너에게 쓴

편지를 잘게 잘게 찢어 날리며 울음을 터트린다

후드득 후드득

빈 하늘로 새 떼가 날아간다

오븐의 온도

가을 숲의 나뭇잎이 저리 빨갛게 달아오를 수 있는 건
계절이 오븐을 돌리며
나무들의 심장을 뜨겁게 달구기 때문이다

빨갛게 달아오른 오븐 속
설탕단풍나무
앞에서 나는 셀카를 찍는다

(태우고 싶은 욕망을 누르며 깊이로 채워가는 건
 이제는 더 기다릴 꿈조차 내려놓았기 때문
 골고루 익어가는 건 시간 설정의 정석)

또 이렇게 얼마간 오븐의 온도는 유지될 것이다
저 나뭇잎들도 가을 열꽃도
저 빛깔 저 색깔로 남아 있을 것이다

나의 갈색 등산화는 설탕단풍나무 앞에서 보폭을 줄인다
셀카를 찍는다

빨간 단풍잎을 나를
나에게 전송한다

오래 빌딩 숲을 헤매고 다닌 바람이 가을 숲의 바람을 만
난다

어디로 배달할지 몰라 그냥 들고 있는
택배처럼

포도를 따 먹다 보면
요 알갱이 하나하나가 다 말풍선으로 보여

누군가 포도밭에서 털어놓았던
말 못 할 말들이 톡톡 터질 것 같고
나도 그 말 못 할 말을 들어주어야 될 것 같고

또 위로 같은 말을 해주어야지

내 손가락 끝에 묻은 보랏빛 슬픔을 문지른다

문득,
어디로 배달할지 몰라서 그냥 들고 있는 택배처럼

민어

그 사람 병원 침대에 누워 내 눈을 맞추며 가슴이 따갑다
고 했다
하늘색 이불 끌어올려 덮어주던 나를
힘겹게 껴안으며
미안하다고 했다

가시가 많은 나는 젖은 휴지만
만지작거렸다

문어

문어는 알을 품다 새끼가 깨어나면 죽는다

자기가 낳은 새끼를 몰라보고 잡아먹을까 봐
새끼가 깨어나자마자 툭,
목숨을 던진다

용궁시장에서 다리가 잘린 문어를 본다

알을 지키다 포식자에게 대신 내어주고 남은 다리 하나가
너무 짧다
갈색 다라이 안에서
짧은 다리로도 막 기어오른다
새끼는 눈앞에서 안 보일 때가 더 애절하다

문어 냄비가 끓어오르는 포장마차

뉴스 한 토막을 본다
노란 쓰레기 봉지를 가리키는 미화원의 손가락을

가장 짧은 삶을 살다 간 노란 봉지 속 천사의 발가락을
차마 두 눈 감고 본다
또 어딘가에서 모래를 잉태하고 있을 그 엄마의
얼음덩어리 자궁을

문어의 잘린 다리가 손목뼈를 단단히 감고 조른다

공갈 신발

한 번도 현관 밖을 나가지 않은
신발이 있다
오래 신고 다닌 듯
헐렁한 신발은 막 벗어놓은 것처럼 집 안을 향해 있다

남자의 발이 맨발이 되어 떠난 지
이십 년,
그녀는 낯선 사람이 방문할 때를 대비해 현관에다
그가 남긴 구두를 내놓고 산다

남겨진 여자의 삶이란
속이 텅 비었는데도 먹으면 허기진 배가 채워지는
공갈빵 같은 것

혼자인 그녀가 현관에 두고 사는 공갈 신발 한 켤레가 그
렇다

오늘도 그녀가 퇴근을 하면

캄캄한 현관에

그가 남긴 신발 한 켤레가 요지부동 기다리고 있다

갤러리 수업

소파에 기댄 경점 도점 막점 팔순의 세 자매
등처럼
효도폰은 폴더형입니다
바탕에 깔아놓은 갤러리 찾는 연습 중입니다

거실 등은 낡았지만
초롱초롱합니다

오늘 희한한 수업은
봄날 친정 엄마 자매들에게 보내준 꽃 사진 때문입니다
꽃나무 아래서 찍은 사진을 열어보고 싶어 안달합니다
앞으로 꽃이 몇 번이나 더 필지,

아무도 모릅니다

분홍 벚꽃은 터치하면 어딘가로 확, 달아납니다
마음 따로 손가락 따로
까막눈이라고 흐린 눈을 나무랍니다

눈치 없는 손가락을 꾸짖습니다

효도폰과 효도는 붕어빵과 붕어 같은 관계일까요?

나는 최신형인 내 폰을 슬쩍 가방에 집어넣습니다

소곡리

누가 저 빈 마당엘 안 들어서나

미닫이를 열어볼까

빈 밥그릇만 두고

담 넘어간 고양이 걸음으로 바람 한 줄기 지나간다

꽃 지자 꽉 다문 입술마다 열매가 맺힌다

구구 구구 마당가에 쌓인

감꽃들

저 노인네 옷가지도 누렇게 빛이 바랬다

달리아가 있는 저녁

곤로 심지에 성냥불을 갖다 대는
저녁이었다

구포국수 한 다발을 넣고
또,
삼양라면 한 봉지를 뜯는 저녁이었다

화단에는 달리아가 둥근 얼굴을 매달고 피어 있었다

엄마는 오 남매 배를 쓸며
저것들도 다 심지가 있다고 하셨다

갓바위 눈꽃

천 배를 하는 보살 손등에서
눈은 꽃이 되어가는 중이다 두 손을 방석에 포개는 거나
하얀 눈들이 차곡차곡 쌓이는 거나
마찬가지다

기도의 원칙은 쌓고 또 쌓는 것이다
쌓이고 쌓이는 것이다
쌓고 쌓아서 한 번은 꽃을 피우고 싶은 것이다
저 가파른 절벽 위 소나무 위에 먼저 온 눈들이 하얀 꽃을
피워놓은 것도 마찬가지다

저 눈꽃도 처음엔 아주 작은 입자였다
만지면 차가워서 신을 냉담하는 자세였다

폭설 내리는 지붕 없는 법당엔 일천 배를 올리는 손들이
방석에 포개질 때마다
한 장씩 꽃잎이 생겨난다

포개지다 보면 포개지다 보면……

간절한 기도가 눈꽃으로 피어나고 있다

왕자팔랑나비

시소를 타다가
지우가

까르르 웃는다

바람이
간지럼을 태웠나 햇살이 장난을
걸었나

서너 걸음 저편으로 날아가는 왕자팔랑나비

지우 눈높이에서
빙글, 동그라미를 그린다

저녁의 우물

고양이들은 왜, 아기 울음소리로 울까

밑도 끝도 없이

저녁은

커다란 우물

무화과나무 아래에서 고양이가 울면

멀리 나가 있던 엄마들은 언제나 서둘러 돌아온다

한 채의 온기

박동억

1. 마음의 달콤함

말 건넨다는 것은 연루된다는 것이다. 쓰는 자는 언제나 타인에게 해석될 위험을 무릅써야 한다. 그것은 바로 그 자신의 목소리가 타인의 마음대로 평가되고 사용되는 입장을 감수한다는 사실을 뜻한다. 그러나 쓴다는 것은 타인으로 인한 위험을 모면하려는 입장이기도 하다. 시 작품 안에서 시인은 실제 타자가 아니라 그가 만들어낸 미적 표상과 관계할 수 있기 때문이다. 요컨대 쓴다는 것은 타인과 연루되는 동시에 타인을 회피하는 방식이라는 것, 이 사실에 비추어 우리는 미적 거리라는 관념을 음미할 필요가 있다.

테오도어 아도르노는『미학 이론』에서 칸트의 '무목적적 합목적성'이라는 관념을 곱씹으며 말한다. "예술 작품은 칸트의 훌륭한 역설적 공식에 따라 '무목적적'이다. 즉 자체의 보존이

나 생활에 유익한 의도를 추구하지 않고 경험적인 현실과 분리된다." 이때 '경험적인 현실'이 모두가 함께 살아가는 생활세계라면, '경험적인 현실과 분리된' 예술은 공상적인 영역이다. 공상은 현실로부터 우리를 달아나게 한다. 그것은 타인과 합의해야 하는 세계로부터 나 홀로 입법하는 세계로 달아난다는 것을 뜻한다. 그런데 아도르노는 필연적인 예술의 '주관화'가 예술의 한계가 아닌 예술의 탁월함이라고 강조한다. 진리는 총체적 인식이 아니라 주관의 변증 속에서 가능하다는 것, 쉽게 말해서 진리는 한 사람의 깨달은 자가 아니라 수많은 사람의 소란스러운 방백에서 솟아오른다는 것이 그의 결론이기 때문이다.

한편 아도르노의 사회학적 관점을 벗어나 심리학적인 측면으로 옮아간다면, 우리는 미적 거리라는 관념이 우리의 마음속에서 행하는 역학에 관해 물음을 던질 수도 있겠다. 시인의 미적 표상은 그의 가슴속에서 무엇을 승화하고 무엇을 억압하는가. 이러한 질문에 비추어 이미화 시인의 시집을 읽는다면 어떨까. 일단 이 시집에서 반복하는 주요한 비유가 있다. 마음은 열매와 같은 것이다. 그렇다면 열매라는 심상이 이 시집의 미적인 역설을 만들어낸다고 전제해보자. 다시 말해 그것은 마음을 반쯤 드러내는 동시에 반쯤 감춘다.

사과를 쪼갠다
온몸의 힘이 열 손가락에 모인다

손가락과 사과의
　　일대일
　　의 안간힘

　　팽팽하다, 한 주먹밖에 안 되는 사과의 어디에서 저 맞서는
힘이 나오는 걸까?

　　그래 내가 잘못했어!
　　악수를 청할 때 얼굴이 붉어지는 당신은
　　사과의 유전자를 가진 사람이다

　　미안한 이야기를 미안하지 않게 해주는 사람들을 위해
　　홍옥의 안쪽은 더욱 달콤하게 설계되어 있다
—「사과의 힘」 부분

　　이 작품의 '사과'란 달콤한 열매인 동시에 "그래 내가 잘못했
어!"라는 목소리를 가리키는 동음이의어이다. 이 작품은 타인
에게 사과하는 행동을 열매 사과의 성질에 비유하고 있다. 사
과하기란 어려운 일이다. 그것은 온몸을 열 손가락에 모아서
사과를 쪼개듯 안간힘을 요구한다. 사과하기란 부끄러운 일이
다. 사과할 때 얼굴이 사과처럼 붉어지듯 말이다. 한편 사과하
기란 달콤한 일이다. "미안한 이야기를 미안하지 않게 해주는
사람들"의 다정처럼 말이다. 실은 이러한 해석이 필요하지 않
을 만큼 이해하기 어렵지 않은 작품이기도 하다.

　　그런데 이 동음이의어와 은유의 구조보다 주목해야 할 것

은 시인의 상상력이 움직이는 방식이다. 시인은 마음을 어떠한 물질로 사유하고 있는가. 이러한 질문에 답하는 것은 시인이 인간을 사유하는 태도를 드러나게 할지도 모르겠다. 시인에게 마음은 두 가지 비유로 번역될 수 있다. 하나는 줄다리기하듯 '밀고 당기는' 힘이다. 그러한 관점은 손가락과 사과 사이에서 작동하는 "안간힘"이라는 시어에 응축한다. 이는 말을 꺼낸다는 것이 마음을 홀로 고독하게 '간직하는' 것이 아니라 '밀고-당기는' 역학의 구조 속에서 사유한다는 사실을 암시한다. 마음은 표현하는 또 다른 방식은 맛의 비유이다. 요컨대 마음을 엿보는 일은 달콤한 열매를 맛보는 일과 같다.

마음이 곧 '밀고 당기는' 역학이라는 비유는 우선 마음속에서 이항 대립적인 두 힘이 동시에 작동한다는 사실을 뜻한다. 이러한 인식은 시 「젠가」 「옷이 울다」에서도 유사하게 반복한다. 마음은 어떠한 방식으로 움직이는가. 시인은 자신의 마음을 반추하면서 "빼고 쌓고 무너지고 다시 쌓고 빼고"(「젠가」) 하는 과정이나 '옷을 깁거나―매듭을 홀쳐매는'(「옷이 울다」) 과정을 떠올린다. 그에게 마음이란 온전히 '당기고' '쌓고' '풀어낼 때' 바로 세울 수 있는 것이다. 중요한 것은 이 역학이 고백의 구조를 닮아 있다는 것이다. 고백하려는 순간 혀끝은 굳는다. 고백의 언어는 머뭇거리고 주춤거리며 조금씩 풀어내야 하는 것이다. 한편 고백한다는 것은 시인이 독백하는 것이 아니라 타인을 의식하고 있음을 암시한다. 시인 자신은 타인을 개의치 않는다는 듯 "누구 때문도 아니고 내가 내게 낸 울음"(「옷이 울다」)

에 대해서 말하고 있다고 표현하지만, 항상 말을 누군가에게 '풀어내는' 문제를 의식하고 있다는 점에서 실상 그의 시는 타자 지향적이다.

보다 선명한 것은 마음이 곧 달콤한 열매라는 비유이다. 이 비유에는 마음이란 곧 내밀하게 가슴속에서 열매처럼 익어가다가 끝내 입 밖으로 꺼내진다는 인식이 깃들어 있다. 이 상상력의 구조는 「사과의 힘」뿐만 아니라 1부의 시 「망고」 「모델하우스」 「익스프레스에 관한 리뷰」, 2부의 시 「춤추는 망고」 「우리들의 노래방」, 4부의 시 「살구 한 알」에서도 반복하며, 더 나아가 마음이란 곧 환한 빛이라는 비유로까지(「유등」) 옮아간다. 시 「유등」에서 "오백 년 전부터 사람들은 속삭이는 사과를/강물에 띄웠고/유등이라 불렀지"라는 시구는 '속삭임'은 곧 달콤한 '사과'이고, '사과'는 곧 세상을 환하게 비추는 '유등'이라는 이미지로 차츰 이행한다. 요컨대 내밀한 고백이 세상을 환하게 비춘다는 것이다. 가슴 깊은 곳에서 흘러나온 말이 인간을 함께 살게 한다는 의미로도 받아들일 수 있다.

그런데 이것은 의심스러운 비유이기도 하다. 왜냐하면 사람이 마음으로 길들이는 것이 달콤하고 환한 언어만이 아님을 우리는 경험적으로 알고 있기 때문이다. 사람은 마음속에 지옥을 품을 수 있다. 인간이 인간에게 행하는 악의를 떠올린다면, 우리는 이미화 시인의 '달콤함'에 대한 문법을 이렇게 고쳐 읽을 수 있다. 그가 마음이 곧 달콤한 것이라는 문장은 사실 우리의 마음을 향한 명령이 아닐까. 마음은 달콤한 것이어야 한다는 명령. 혹은 마음속의 달콤한 말에 대해 지극히 귀 기울여야 한다는 명령. 왜 그러한 명령은 필요한 것인가. 그 답은 간명하다. 사람을 환대하기 위해서, 저 낯선 타자를 환대하기 위해서 당신의 목소리가 달콤한 것이라는 착각은 필요하다. 이렇게 시인은 세상을 애써 아름답게 채색하는 듯하다. 타인의 마음을 열매라고 발음할 때, 비로소 세상은 "우유팩을 입에 대고 마지막 한 방울까지 들이켜는 저녁"처럼 단숨에 맛볼 수 있는 것이 되는 셈이다.

2. 사람의 온기

이 시집에 반복하는 열매의 비유를 '고백은 달콤한 것'이라는 하나의 문장으로 바꾸어 이해할 수도 있겠다. 그것은 이미화 시인의 시가 '고백하기'라는 대화적 상황을 원형으로 삼아서 시적 상상을 전개하고 있으며, '타인의 마음은 곧 달콤함'이라는 미화된 이미지 속에서 세상을 사유한다는 사실을 가리킨다. 즉 그의 시는 타자 지향적인 것을 넘어서 타자를 환대하려는 지향 속에서 전개되고 있는 셈이다. 타자가 어떤 이인지 확인하기 이전에 미리 타자와 포옹하는 자세를 취하고 있기에 그의 시는 언뜻 미소로 일관하는 것처럼 보이지만, 근본적으로는 그러한 다정함을 관철하려는 지극함을 견지하고 있다.

너의 노란 입술은 정직한 입 모양으로

증언대에 서서
증언을 하지

넌 한때 책갈피의 기준이었어

아주 오래전부터
나의 책 속에 들어와 내가 읽은 나를 말려놓았지 갈피 속에
서 노란 잎을 말려놓았지

어느 대목에서 몸서리를 쳤는지
어느 페이지에서 밤을 접었다 폈다 힘들어했는지

아직도 또렷해 어제와 오늘 경계선이 무너지지 않는 것도
내 삶이 흐트러지지 않는 것도
다 책갈피의 기준들 때문일 거야

내 스무 살 방황을 잡아준 어머니 잔소리처럼

바다의 어느 페이지에 물고기 그물이 있는지를 알려주던 부
표처럼
넌, 아주 오래전부터

아파하지 말아라
무너지지 말아라

노란 입술로 정직한 입 모양으로
나에게 증언을 하지
　　　　　　　　　　　　—「책갈피의 기준」 전문

다정의 기원은 무엇일까. 세상의 갈피 속에서 "내 스무 살 방황을 잡아준 어머니 잔소리처럼" '나'를 바로잡아준 목소리가 있었기 때문에 시인은 세상을 다정한 눈길로 바라볼 수 있었을 것이다. "너의 노란 입술"의 '정직함'과 책 사이의 "노란 잎"은 근본적으로 나를 바로 세워주고 이끌어준 손길이라고 표현해도 좋다. '나'는 "책갈피의 기준들" 덕분에 바로 설 수 있었다. 당신의 정직한 입술 덕분에, 그리고 시인이 귀하게 읽었던 책의 페이지 덕분에, 그리고 어머니의 잔소리 덕분에 '나'는 길을 잃지 않을 수 있었을 것이다. 따라서 방황하던 어린 날의 '나'의 마음이 거친 바닷속을 헤매는 것과 같았다면, 이제 "책갈피의 기준들"은 "부표처럼" '나'를 이끄는 출구의 표상이라고 할 수 있다.

"아파하지 말아라/무너지지 말아라". 아마도 이 목소리를 이 시집의 다정을 성립하게 만드는 대전제로 이해할 수 있지 않을까. 실상 타인은 '나'를 위태롭게 하는 타자이다. 삶은 필연적으로 상처를 동반하는 것이다. 그런데도 아파하지 않기 위해서, 그리고 무너지지 않기 위해서 세상을 달콤한 맛이라고 구태여 발음해보는 혀끝을 떠올려본다. 이 작품의 미화된 시적 이미지는 누구에게나 닥치는 필연적인 고통을 견디기 위해서 필요했던 것이 아닐까. 따라서 이 작품의 '노란색' 사물들과 입술, 그리고 어머니의 목소리는 근본적으로 수직적인 것이다. 그것은 시인을 이 땅에 바로 세우는 아름다움의 표상이다.

무엇보다 이미화 시인이 그리는 아름다움의 표상들은 사람의 체취를 간직하고 있다. 아니, 뒤집어서 말하는 편이 이 시집에 대한 정확한 설명일 것이다. 애초에 사람 자체가 시인이 좋는 아름다움이다. "앞사람 뒤꿈치는/종교다"(「뒤꿈치에 관한 명상」)라는 문장처럼 사람이 삶이라는 길을 전진하게 만드는 동력은 누군가의 뒷모습이다. 사람을 절망하게 하는 원천이 사람일 수 있음에도, 시인은 "누가 꺼내주지 않으면/생각 밖으로 나오지 못하는 여자가 있다"(「해바라기는 한번 수그린 고개를 들지 않는다」)라고 쓴다. 한 여자가 그가 놓인 가정과 그를 둘러싼 가족 때문에 절망에 빠졌다고 말하는 대신 그 여자에게 손 내밀 또 다른 사람이 있을 것이라고 말하는 편이 이미화 시인의 문법이다.

3. 연민의 시선

"네가 열 달 동안 내 배 안에서 거꾸로 매달려 있었던 건//엄마인 내게 맑은 소리 들려주고 싶어서였단다"(「거꾸로 매달린 것들에게선 맑은 소리가 난다」)라는 한마디는 단지 자식에게 건네는 목소리로만 읽히지 않는다. 그것은 타인들에게 건네는 말처럼 느껴진다. 타인의 말 건넴이 곧 선물이다. 누군가의 가슴속에서 우러나온 고백은 달콤한 것이다. 이렇듯 인간을 긍정하려는 지향이 이미화 시인의 시집에는 반복되고 있다. 무엇보다 이러한 긍정을 가능케 하는 것은 인내심이다. '열 달 동안' 기다려 얻은 자식의 목소리처럼 시인은 사람의 목소리가 찾아오는 순간을 기다린다. 그렇기에 시인은 "세상에 리듬을 입히는 일은 서두르는 게 아니랍니다/일 년 뒤에서야/편지 잘 받았다는 표시로 빨간 열매 또 내어줄 테니까요"(「느린 우체통」)라고 말하는 것이다.

숙고해볼 것은 이러한 미화 또한 인간과 거리를 두는 또 다른 방식일 수 있다는 사실이다. 타인을 받아들인다는 것이 곧 그의 아름다움뿐만 아니라 추함을 들여다본다는 일이라면, 이 미화 시인은 인간의 적나라한 어둠에 대해서는 증언하지 않는다. 더 나아가 이것은 그의 시가 타인을 환대한다기보다 오히려 타인의 환대를 기다리는 쪽에 가깝다는 사실을 뜻한다. 시인은 타인의 손을 맞잡기보다 대신 거리를 두고 타인을 바라본다. 한 걸음 나아가면 손닿을 것 같은 위치에서 그들을 조심스럽게 응시한다.

> 그녀가 또다시 하얗게 웃는다
>
> 가나에서 왔다는
> 종점 지나 로터리 지나 파리바게뜨 지나 복개도로
> 24시 분식집 여자
>
> 김밥을 말고
> 만두를 찌고
> 순대를 썰고
>
> 가나도 가난도 애틋해서
> 사람들이 무슨 말을 하면

만두에도 순대에도 눈물을 꽉꽉 채운다

삼 년 뒤 봄이 오면 꼭 비행기 타고 갈 거란다

잠깐 쉬는 시간마다
손가락 끝으로 하얀 김에다 엄마 얼굴
그렸다가 지웠다가

24시 분식집에는
하얀 김에 둘러싸여 꽃을 피우는
가나 여자가 있다

—「천일야화」 전문

　가난한 이주 여성을 향한 연민의 시선을 확인할 수 있는 작품이다. 고향으로 돌아가서 어머니를 만나고 싶은 '가나 여성'의 목소리에 시인은 '눈물로 채운' 만두와 순대라는 이미지를 포갠다. 그것은 곧 '가나 여성'의 노동이 고통과 슬픔을 동반한다는 사실을 암시한다. 한편 숙고할 것은 이 작품이 시각적 심상을 중심으로 전개된다는 사실이다. "하얗게" 웃는 '가나 여자'로부터 "하얀 김에 둘러싸여 꽃을 피우는" '가나 여자'라는 이미지로 옮아가는 과정은 고단한 이주 여성의 노동을 밝은 수채화 풍경으로 바꾸는 듯하다.

　이렇듯 「천일야화」는 환부를 드러내는 작품이라기보다 환부를 보듬는 작품이라는 사실을 염두에 두어야 한다. 이러한 질문이 뒤따를 수 있다. 적나라한 끔찍함과 미화된 풍경 중에서 무엇이 우리에게 타인의 고통을 깊이 심려하도록 만들어줄까. 수전 손태그는 『타인의 고통』에서 고통의 이미지는 그것을 바라보는 자에게도 수치심과 두려움을 자아낸다고 지적한 바 있다. 어떤 고통의 이미지는 그것을 바라보는 일조차 견딜 수 없다. 한편 「천일야화」에서 반대로 시각적 이미지는 '가나 여성'의 고통을 우리가 감당할 수 있는 것으로 바꾸는 장치라고 할 수 있다. "눈물을 꽉꽉 채"운 만두의 이미지는 오히려 슬픔을 덜어내며 승화하고 있는 셈이다.

귀하게 간직하는 것은 타인의 고통을 표현하기보다 타인을 아름답게 증언하려는 시선이다. 「동백 꽃무늬 담요」에서 가난하고 불행한 사람들을 조망하면서 시인은 그들에게 이불을 나누어주는 사건을 상상한다. 그리고 "내 마음이 동백꽃처럼 활짝 피겠지요"라고 쓴다. 또한 「맨드라미들의 노래」에서 "눈먼 사랑"이라는 노래에 대한 농담을 친근하게 건네는 '시각장애인'의 모습을 그린다. 이처럼 계급적 차이나 신체적 고통에도 불구하고 사람들이 서로 편안하게 맺는 관계를 이 시집은 노래한다.

"나는 노랑의 안쪽이 궁금합니다"(「노랑의 안쪽」)라는 문장이 발화의 정확한 위치를 표현한다. 이 시집은 어떤 대상이나 타인의 심부로 진입하기보다 그 사람의 고백을 기다리는 위치에서 성립한다. 혹은 그것이 '나'를 마중하거나 환대하는 순간을 기다리는 자세를 취한다. 이와 마찬가지로 타인의 고통 속으로 동질화되기보다 그것을 바깥에서 바라보고 그의 상처에 아름다운 이미지를 덧댄다. 어떤 의미로 이러한 거리 두기는 신중함의 반영일 수 있다. 타인의 고통을 섣불리 증언하기보다 그들을 오롯이 대하는 태도일 수 있다. 그렇기에 이 시편들의 주제를 명시한다면, 그것은 타인의 고통에 대한 증언보다 그것을 연민하는 자의 시선이라고 표현해야 할 것이다.

4. 낭만적 자아

이미화 시인의 시는 타인에 대한 표현이라기보다 타인을 바라보는 자신의 시선에 대한 묘사이다. "혼자서 꾸는 꿈은 곁에 앉은 사람을 잘 몰라도 상관없습니다"(『편의점 의자』)라는 시구처럼 이 시집의 심부에 놓인 것은 곁에 앉은 이가 누구인지 아는 것보다도 그들을 사랑하고 보듬는 자신의 태도를 견지하려는 의식이다.

따라서 이 시집에 외국인 이주 노동자, 신체적 장애를 가진 사람, 가난한 사람들이 나타난다고 해서 그러한 소외된 계층이 이 시집의 내용이라고 말하는 것은 정확하지 않다. 소외된 계층을 소재로 삼은 시편들은 그 불행한 사람들의 목소리를 대리하는 것처럼 느껴지지 않는다. 오히려 그들을 '잘 몰라도' 그들을 아울러 대하는 하나의 태도를 정립하기 위해서, 즉 자기성찰을 위해서 이 시집은 쓰인 것으로 판단된다.

페인트 한 통을 샀어

나는야 부동산 중개인, 내가 소개한 집들에 초록색 붓칠을
해줄 거야

　남자친구 만나러 가는 골목 끝 집 할머니 목에
　초록 스카프 걸어드리고
　혼자 아이 키우느라 소풍도 한 번 못 갔다는 여자의 뜰에 새
파란 사철나무 한 그루 심어주면 얼마나 좋아할까

　초록색 페인트를 칠해주면 내가 소개한 집들엔 별들이 찾아
올 거야
　초록이 넘쳐나면 별들의 호기심도 넘쳐날 거야

　동피랑에서 만났던
　어린 왕자처럼
　초저녁부터 창문을 넘어와 아이들과 놀고 외로운 할머니 눈
동자에 내려 도란도란 밤을 지새우겠지

—「초록색 페인트」 부분

　집에 덧바른 초록색 페인트처럼, 세상이 살아낼 만한 것이라
고 믿기 위해서 시는 필요한 것일지도 모른다. 이 작품의 초록
은 자연의 색채를 어렴풋이 연상하게 하지만, 더욱더 초록의
중핵이 되는 것은 시인의 낭만적이고 동화적인 세계관이다.
여기서 그러한 세계관이 집약되는 장소는 '집'이다. 그가 중개
하는 사람들의 집에는 "별들이 찾아올" 것이다. "어린 왕자처
럼" 순수하게 아이와 노인이 마음을 놓아둘 수 있는 장소가 될

것이다.

이 작품은 시인이 공인중개사로서 현실에서 거래했을 '집'과는 전혀 다른 몽상의 '집', 더 정확히 말하자면 현상학적 의미의 집을 표현한다. 바슐라르는『공간의 시학』에서 집이란 단순한 휴식처가 아니라 추억의 곳간이자 존재를 무한까지 확장하는 존재의 거처라고 표현했다. 추억의 곳간이란 집이 곧 가족과의 추억을 쌓아가는 장소임을 뜻하는 한편, 그의 존재 이유를 되새김질하게 해주는 원천임을 뜻한다. 또한 존재의 거처란 집이 단지 사회의 한 일원으로서 머무는 것이 아니라 이 우주 속에서 더 나은 존재가 되기를 바라고 꿈꾸는 내밀한 장소, 가장 '나다운' 존재로서 자유롭게 사유하고 실천할 수 있는 '내 소유'의 공간임을 뜻한다.

마찬가지로 시인은 집을 통해서 "별들이 찾아올" 것이라고, 그가 초록을 칠하는 만큼 "별들의 호기심도 넘쳐날" 것이라고 확신한다. 이것이 곧 시인이 견지하는 다정한 시선과 연민 의식의 의미일 것이다. 그는 세상을 한 채의 집으로, 누구든 쉴 수 있고, 어떤 여린 마음도 별과 함께 "도란도란" 밤을 새울 수 있는 장소로 상상하기를 꿈꾸는 것이다. 이러한 상상력은 곧 시 「별을 심다」에서 '별'을 파종하는 이미지로부터 시 「해변의 포즈」의 "은빛 모래 위에서/한 무리의 사람들이 날아오른다"라는 이미지까지 반복한다. 별을 땅에 심거나 사람이 하늘로 날아오르는 이 수직 이동은 이 세상을 한 채의 집으로 여기기 위한 심상의 확장이다.

근본적으로 별자리는 지붕이고, 밭은 지하실인 셈이다. 그것
은 사람을 지켜주고 양육하는 한 채의 집이다. "내 마지막 상상
은 아를로 가 밀밭 주인의 아내가 되는 것"(「푸른색과 노란색」)이라
는 문장의 진의 또한 마찬가지다. 중요한 것은 이 시구가 최문
자 시인의 것이라거나 아를에 머물렀던 반 고흐를 떠올린다는
사실이 아니다. 핵심은 시인이 '마지막으로' 떠올리는 예술적
심상이 곧 가족 이미지로 향한다는 점이다. 그렇게 시인의 손
끝은 한 채의 세상으로, 즉 그가 거주할 수 있는 예술적 풍경으
로 나아가는 것이다.

朴東檍 | 문학평론가